아홉 살 꼬마 시인들의
속닥속닥 동시 수다

아홉 살 꼬마 시인들의 속닥속닥 동시 수다

발   행 | 2022년 12월 30일
저   자 | 오현초등학교 2학년 4반
         강윤아, 구단우, 김고은, 김규리, 김수현, 김지환, 박서준, 오하준, 원우진,
         유소윤, 윤채이, 이강준, 이서율, 이아윤, 이연오, 이정해, 이현지, 임정민,
         전가온, 정수아, 정수호, 정한서, 조지후, 진현우, 차유찬, 최건우, 최유준,
         홍상원, 황다솜, 이영란
펴낸이 | 한건희
펴낸곳 | 주식회사 부크크
출판사등록 | 2014.07.15.(제2014-16호)
주   소 | 서울특별시 금천구 가산디지털1로 119 SK트윈타워 A동 305호
전   화 | 1670-8316
이메일 | info@bookk.co.kr

ISBN | 979-11-410-0920-5

아홉 살 꼬마 시인들의
속닥속닥 동시 수다

오현초등학교 2학년 4반 지음

차 례

들어가는 글 5

동시 수다 *1*   알콩달콩 가족 사랑   7

동시 수다 *2*   군침이 꿀꺽!   17

동시 수다 *3*   자연은 내 친구   30

동시 수다 *4*   가고 싶은 학교,

                오고 싶은 교실   52

동시 수다 *5*   일상에 감성을 더하다 74

동시 수다 *6*   따라쟁이 꼬마 시인 123

나오는 글 153

들어가는 글

처음부터 시를 쓴 건 아니었습니다. 매주 월요일 1교시, 동아리 활동 시간에 그림책을 읽어주고 창의 인성 그림그리기를 했습니다. 그림에 어울리는 좋은 말 양념을 추가해 말 구름 표 속에 그림과 어울리는 대화를 넣기도 하고 떠오르는 단어를 쓰기도 했습니다. 어느 날, 우리 반 감성 소녀가 툭! 던진 한마디.

"선생님, 시를 지어도 되나요?"

학년 초에 동시 쓰기를 배우기도 전이라 설마 동시를 지을 거라고는 생각지도 못했습니다. 그저 좀 긴 문장으로 생각을 표현하려나 보다 싶었지요. 하지만, 그림을 그리고 떠오르는 생각을 동시로 표현하는 수준이 남달랐습니다. 시 짓는 맛을 알아버린 감성 소녀는 시시때때로 시가 떠오르면 교실 한쪽에 상시 대기 중인 이면지에 시를 쓰고 그림을 그렸습니다. 자랑해올 때마다 칠판에 붙여주며

"어머! 너는 벌써 시인이 다 된 것 같아!"

호들갑을 떨며 감탄했습니다. 친구들도 시를 보며 함께 감동했고 따라쟁이 꼬마 시인들은 자기만의 시를 지어다가 칠판에 추가했습니다. 누구나 시를 쓸 수 있었고 누구나 나의 시를 마음껏 자랑할 수 있었습니다. 시 쓰기에 대한 두려움이 없어지자 그림을 그리면 떠오르는 생각을 자유롭게 시로 표현해 이내 시화로 완성했습니다. 그렇게 칠판 한가득 시화전이 계속되었고 이면지에 가득 담긴 시들이 차곡차곡 쌓였습니다.

학기 초부터 자발적으로 쓰기 시작한 동시 쓰기. 2학기 말 동시 쓰기 단원을 배울 때에는 정말 꼬마 시인이 되어 있었습니다. 노래 가사와 기존에 있던 시의 일부분을 바꿔 쓰는 게 영 성에 안 찼나 봅니다.

"선생님, 그냥 우리가 처음부터 시를 지으면 안 돼요?"

그렇게 자작시를 지어서 시화전을 열었습니다. 한 편 한 편의 시 속에서 가족 사랑이 엿보였고, 맛있는 추억이 떠올랐고, 우리 반에서의 이야기도 들렸습니다.

한 해 동안 스물아홉 꼬마 시인들의 아홉 살 생각 주머니를 들여다보는 재미 쏠쏠했습니다. 그 재미 함께 나누고 싶어 쌓여있던 시를 모아 동시집에 담아냅니다. 언제든 펼쳐보며 2022년 2학년 4반으로 추억 여행을 떠날 수 있도록 미리 승차권 준비합니다.

모두가 다 시인이 될 필요는 없습니다. 그렇지만 단 한 명이라도 시를 쓰고 글을 쓰는 사람이 된다면 이 마중물이 얼마나 소중할까요? 글 쓰는 삶은 어떤 꿈을 가지더라도 함께 하면 삶이 더 풍요로워지는 최고의 행복 양념이니까요. 달고, 쓰고, 맵고, 짜고, 시고 떫은 맛 모두 온전히 즐겼으면 좋겠습니다. 아홉 살 꼬마 시인, 여러분의 삶이 더 맛있어지길 응원합니다.

2022년 12월 30일
오현초등학교 2학년 4반 행복 지킴이 이영란 선생님

동시 수다 1

알콩달콩 가족 사랑

떡볶이

오하준

떡볶이는
매운맛과 안 매운맛이 있다.

나는 매운맛을 좋아한다.
근데 동생들은
안 매운맛을 좋아한다.

우린 왜 다른 거지?

누나는 힘들어

유소윤

누나는 힘들어.
여섯 살 남동생은
누나의 마음을 정말 몰라.

동생은 툭하면
"누나, 놀아줘."
싫다고 하면
동생의 해결 방법은
바로 엄마 부르기!
"소윤아, 너는 누나잖아, 빨리 놀아줘."

엄마 찬스 쓰는 동생
참 얄밉다.

귀여운 내 동생

이현지

귀여운 내 동생
이현규
내 머리띠 쓰고
해맑게 웃는다.

귀여운 볼살
깃털처럼 보들보들

"현규야, 사랑해!"

엄마 요리

임정민

엄마 요리는 참 맛있다.
파스타
오므라이스
카레
치즈라면
엄마가 만든 것은
아무거나 다 맛있다.

엄마는 최고의 요리사
엄마 비결은 뭐지?

엄마의 잔소리

전가온

엄마는 맨날
잔소리해요.

양말 벗어 던지면
잔소리 시작!

끝이 없는
엄마의 잔소리

내 똥

전가온

어딜 갈 때마다
어딜 들를 때마다
엄마는 자꾸
똥을 싸냐고
맨날 물어봐요.

너무 부끄러워서
잠을 못 자겠어요.

어우~
증말~
못 살겠다 증말!

암에 안 걸리는 법

전가온

내가 엄마보고
책을 소리 내서 읽으라고 했다.

왜냐하면
선생님이 그래야
암에 안 걸린다고 말했다.

큰누나 표 파스타

차유찬

작은누나가
계속 배고프다고 해서
큰누나가 파스타를 만들었다.
면 40인분을
간도 안 보고 했는데
작은누나가
이젠 배가 안 고프다고 했다.

결국
작은누나가 겨우 다 먹었다.

동생들

최건우

둘째 동생
내 가위, 네임펜 빌리고선
안 갖다주는 동생
좋은 점은
부려 먹을 수 있지.

셋째 동생
귀여운 동생
맨날 샤워하는데 들어오는 동생
좋은 점은
무서울 때 같이 갈 수 있지.

동시 수다 2

군침이 꿀꺽

콜라

구단우

목이 따끔
흔들면 폭발한다.

그 녀석
힘도 세지!

족발 냄새

김고은

학원 끝나고
집에 가고 있었는데

갑자기 배에서
"꼬르륵"

킁킁 냄새를 맡았는데
갑자기 족발 냄새가 솔솔

"으악! 더 배고파지잖아!"

달고나 1

김규리

토요일 아침
밥을 먹고 배에서
'꼬르륵'
달고나를 먹고 싶어
엄마를 졸랐다.

"엄마, 달고나 만들자!"
"재료 없어서 안 돼!"

그냥 포기했지만
계속 달고나 냄새가 난다.

달고나 2

김규리

달을 닮은
달고나

달달 달콤해서
달고나

친구랑 먹어도
가족이랑 먹어도
다 달콤한
달고나

신전떡볶이

원우진

학교 끝나고 엄마랑
신전떡볶이 먹으러 가는 길

차가 꽉 막힌 도로
신호등을 보며 조심조심 갔지만
갑자기 돌에 걸려
"콰당!"

피도 났고 쓰라렸지만
꾹 참고 도착한
신전 떡볶이
매운데 화끈해서 고통이 사라지는 맛!
떡볶이가 약인가 보다.

고구마

이연오

고구마는
구워 먹을 수도 있고
튀겨 먹을 수도 있고
쪄서 먹을 수도 있어.

그렇게
자꾸자꾸 먹다 보면
금세 사라져.
마법처럼

솜사탕

이연오

입 안에 넣으면
금세 없어지는
솜사탕

계속 먹고 싶은데
어떻게 씹기도 전에
혀에 닿자마자
사라지는 거냐고!

힝~
너무 속상해!

고기국수

이강준

토요일 점심
간단히 먹으려고
칼국수 먹으려다
갑자기 땡긴
고기국수

와! 엄청 맛있다!
역시 고기는 씹어야 맛이지!

달고나

이정해

달고나는
여러 가지 모양이 있다.
그중에 제일 어려운
'우산'을 사고 싶었다.

엄마한테 사달라고 졸라도
소용없어서 만들어달라 했다.

엄마가 만들어준 달고나
혀로 먹다가 피가 났다.
다시는 안 먹고 싶었다.

고구마피자

임정민

부드러운 빵에
햄, 양파, 고구마, 치즈를 넣고
오븐에 구우면
달콤한 고구마피자 완성!

냄새만 맡아도
침이 주르륵

오므라이스

임정민

고소한 밥 위에
부드러운 계란 이불
새콤달콤 케첩을 뿌리면
맛있는 오므라이스 완성

돼지고기

진현우

어디선가 풍겨오는
돼지고기 냄새

삼겹살?
숯불 돼지갈비?
생각만 해도 군침이 돈다.

오늘 저녁 메뉴에
혹시 돼지고기가 나올까?

동시 수다 3

자연은 내 친구

쌀

강윤아

쌀
쌀
쌀을 깠다.
열심히 깠다.

너무 힘들다.

이걸로
밥해 먹어야지!

해바라기

윤채이

해바라기야
어서어서 쑥쑥 자라렴.
나처럼 쑥쑥 크렴.
나처럼 쑥쑥 커서
예쁜 해바라기가 되렴.

가을

이서율

가을
가을은 참 멋진 계절
단풍도 은행잎도 많이 물들고
무지개처럼 물드는 세상

벼도 황금처럼 물들고
열매도 꽃도 맺히는 계절

가을은
울긋불긋한 계절
마치 마법처럼

봄바람

이서율

봄바람에
꽃들은 춤을 추어
실력을 뽐냅니다.

강아지는
떨어지는 벚꽃을 잡으려 합니다.

사람들은 벚꽃으로
행복을 느낍니다.

네 잎 클로버

이서율

네 잎 클로버는
행운의 상징
한 잎 따도 하트
두 잎 따도 하트
세 잎 따도 하트
네 잎 따로 하트

네 잎 클로버는
사랑의 상징입니다.

당근

이서율

주홍빛 당근
당근은 땅에서
쑥쑥 잘 자랍니다.

우리가 어른이 되는 것처럼
봄, 여름, 가을, 겨울
다 달라집니다.

우리는 모두다
소중합니다.

회화나무

이서율

수많은 사람과
수많은 슬픔을 본
회화나무
우리나라를 위해 싸웠던 사람들도
지켜보았습니다.
눈은 없지만
다 지켜보았습니다.
회화나무는 지금도
수많은 사람을 지켜봅니다.

해바라기

이서율

태양의 상징인 해바라기
태양처럼 눈부시게
아름다운 해바라기 한 송이

아직 안 핀 해바라기는
더 특별한 해바라기로 태어나느라
늦나 봅니다.

늦은 해바라기 운이 좋은 듯
어느새 피어납니다.
누구나 열심히 하면 내 마음속에
새싹이 꽃으로 핍니다.
마치 마법처럼

무지개

이아윤

알록달록
무지개는 예쁩니다.

빨주노초파남보
무지개는 아름답습니다.

고래가 춤추는 무지개 반은
마치 은하수처럼 빛납니다.

꽃잎

꽃잎은
바람이 불면
솔솔 날아간다.

벚꽃잎이 솔솔 날아가는
황구지천

꽃잎이 날아가면
찰칵찰칵!
셀카를 찍는다.

40   아홉 살 꼬마 시인들의 속닥속닥 동시 수다

낙엽

이연오

낙엽을 밟아보면
푸스슥 포사삭
소리가 나는데
어떻게 이런 소리가 날까?

뭐 때문일까
정말 궁금해!

햄스터

이연오

햄스터는 작고
보들보들
귀엽기도 하지.
나도
햄스터 키우고 싶다.

수현이는 좋겠다.
왜냐하면 햄스터를 키우니까

정말 좋겠다….

눈 맞은 똥강아지 풀

이현지

우와! 똥강아지 풀이
눈을 맞았네!

예쁘다.
똑!
학교에 가져가야지.

앗! 녹는다….
얼른 사진 찍어야지.

녹았지만 이슬 맺히니까
참 예쁘다.

봄

정수아

봄은
꽃이 피고
겨울잠을 잤던
동물들이 깨어나
같이 춤을 출 듯
노래한다.

아!
봄 날씨 최고!

꽃

정수아

꽃은
자연에서 자랍니다.

꽃은
종류가 많습니다.

그렇지만 꽃은
다 예쁩니다.

우리도 다 다르지만
모두가 아름답습니다.

예쁜 가을

정한서

가을은
꽃, 곤충, 풀이 잘 자라라고
품어주는 계절

우리는 다 같이
가을을 좋아하는
2학년 4반 무지개

가을아
잘 가!

해바라기

진현우

해바라기는
햇빛을 모으지만
마음을 모읍니다.

그래서
마음을 나누어야
해바라기가 잘 자랍니다.

볍씨

최건우

습톡습톡
볍씨 까는 소리

습톡습톡
즐겁기도 하지

룰루랄라
즐거운 볍씨 까기

꽃이 핀다

홍상원

꽃이 핀다.
내 마음속 꽃이 핀다.

남이 좋은 말을 하면
마음속에 향기로운 꽃이 피고
나쁜 말을 하면
장미꽃보다 훨씬 뾰족한 꽃이 핀다.

내 마음속 꽃이 핀다.

비둘기

홍상원

학원 끝나고 집에 가는 길
종이비행기가 날아오자
잡아서 가져가버린 비둘기

그 비둘기
갑자기 뛰어가다가
갑자기 날아가더니
종이비행기가 다시 날아온다.

비둘기가 가면
종이비행기가 나온다.
이거 진짜 비둘기 마술인가?

바다

황다솜

바다에는
바다 생물이 많습니다.
다리가 많은 오징어
무시무시한 상어
귀여운 물고기

어부들은 고기를 잡습니다.
물고기는
어부한테 상어한테
잡아 먹힐까 봐 무섭습니다.
이러다가 언젠간
바다 생물들이 멸종하겠죠?

동시 수다 4

가고 싶은 학교, 오고 싶은 교실

우리 반 속담

구단우

잘해주면
자기가 더 행복해진다.

남한테 잘해주면
더 잘해준다.

인사 잘하면
친구가 초대한다.

선생님께 드리는 시

김규리

봄처럼 예쁜
우리 선생님

여름처럼 따뜻한
우리 선생님

가을처럼 포근한
우리 선생님

겨울처럼 시원한
우리 선생님

이영란 선생님

오하준

이영란 선생님은
착하다.
운동할 때
음료수도 주셨다.

이영란 선생님은
우리를 잘 가르쳐주신다.
그래서 나는 선생님이 좋다.

선생님은 훌륭한 선생님이다.
선생님 고맙습니다.

2학년 4반

오하준

2학년 4반 친구들은
공부도 잘하고
선생님 말씀도 잘 듣고
친구들끼리 사이좋게 지낸다.

우리 반 교실은
좋은 교실이다.
우리 반 교실은
행복이 넘치는 교실이다.
사랑이 넘치는 교실이다.

내 짝꿍

오하준

내 짝꿍은
착하다.

내 짝꿍은
연필을 잘 빌려준다.

그런 내 짝꿍이
자랑스럽다.

내 친구 강준이

오하준

강준이는
착하다.

키도 크다.
멋지다.
힘도 세다.

강준이는
좋은 친구다.

레인보우 퍼플

원우진

레인보우 퍼플은
키는 좀 작고
몸통은 조그맣지만
손이 길고
발도 길고
얼굴은 크다.

부끄러워서 어찌할 줄 모른다.

레인보우 그린

원우진

레인보우 그린
손은 딱딱
머리는 네모네모
이빨은 날카롭고
다리도 날씬날씬
눈은 작고
색깔은 초록색

레인보우 블루

원우진

레인보우 블루는
손이 탱글탱글
눈은 동글동글
힘은 세고
키도 크고
말랑말랑
걸음은 뒤뚱뒤뚱

발표

두근두근 발표
드디어 내가 발표할 차례
발표할 생각에 두근두근

내 차례가 왔다.
어?
하고 나니
안 떨리네!

색종이

이강준

색종이를
사각사각 잘라도
색종이는 있고
색종이를
5번
10번
더 잘라도
색종이는 또 있고
색종이는 무한인가보다.

숙제

이서율

학교에서 알림장을 쓸 때
'제발 숙제 없어라…!'
속으로 빌었는데
결국 숙제가 나왔다.

숙제는 엄마를 이렇게 만든다.
"이서율! 숙제해라!"

숙제!
듣기만 해도 너무 귀찮다.
공부도 귀찮아.
난 아무래도
숙제만 끌고 다니는 것 같다.

조퇴

이아윤

학교에서 배가 아파
보건실을 갔다.
조퇴하라고 해서
엄마 차를 타고 병원에 갔는데
차에서 갑자기 배가 안 아픈 거야.

병원에서 진료를 본다면
엄마가
'너 꾀병이지? 왜 거짓말했어?'
으악!
상상만 해도 끔찍해!

쉬는 시간

이연오

쉬는 시간은
언제 오는 거야?
수업 시간 벌써 3시간은 한 것 같아.

선생님, 쉬는 시간 언제 와요?
아직 공부한 지 5분도 안 됐어.
네?
안 돼~!

급식

이연오

오늘 급식은
무엇일까?
맛있는 것만 나올까?
아니면
맛없는 것만 나올까?
아니면
둘 다 나올까?
얼른얼른
급식 먹으러 가자.

헉!
오늘 급식이
새우튀김이라니!
아줌마! 새우튀김 많이 주세요!
그래!

무늬가 바뀌는 가방

이현지

하트 버튼을 누르면 뿅!
줄무늬 가방

한 번 더 뿅!
땡땡 무늬 가방

한 번 더 뿅!
해바라기 무늬 가방

이게 제일 예쁘다.
멋진 내 가방
정말 예쁘다.

무지개와 구름

정한서

무지개는 여러 가지 색이 있다.
우리 반 여자 친구들처럼
예뻐서 무지개
무지개는 하늘에서 짠하고
예쁘게 나온다.
우리 반으로 나오고
구름으로 높이 나온다.

예쁜 구름과 무지개로
함께하는 우리 반

연필

최건우

연필은 나쁘다.
항상 흑심을 품고 있다.

연필은 또 나쁘다.
지우개로 지워도
아무리 지워도
손이 닳도록 지워도
지우개가 닳도록 지워도
자국은 남는다.

끈질긴 연필

받아쓰기

최건우

받아쓰기는
'바다'를 쓰는 줄 알았는데
이렇게나 많은 글자를 쓰다니
깜빡 속았네.

이영란 선생님

황다솜

이영란 선생님은
신기하게도

이렇게 그림으로 퀴즈를 낼 수 있으니까
참 마법의 선생님 같아.
너의 선생님은 어떠니???

쉬는 시간

황다솜

친구들은 시를 좋아한다.
그리고 쉬는 시간은
10분이 아니라 5분 같다.
쉬는 시간이 끝나면 슬프다.
다른 애들도 슬퍼한다.

어떤 애들은
수업 시간이 좋다고 한다.
왜 그럴까?
궁금하다.

동시 수다 5

일상에 감성을 더하다

눈사람

강윤아

오늘은 12월 6일
눈이 온다.

학교 갈 때
눈사람을 만들었다.

또 하고 싶어서
또 했다.

청소기

구단우

청소기는
모든 걸 빨아들인다.
왜지?
조립식 부품도 들어갈 것 같다.

으악!
내 조립식 장난감 부품도
몽땅 삼킬 것 같잖아!

안 돼!

게임

구단우

나는 게임이 재미있다.
엄마는 벌써 30분 했다고 한다.

십 분만 더…
십 분만 더…
십 분만 더…
하지만 모두가 게임 하는 걸…

어떤 친구들은
학교 끝나고 게임 하잖아.
하지만 포기하면 내가 아니지.
내가 아니지라고 말하면 포기다.

눈 오는 날 궁금증

김고은

눈아,
눈아.
넌 어디서 왔니?

산꼭대기에서?
아니면
썰매 타고?
무지개 타고?

난 너무 궁금해!

내 도마뱀

김고은

내 도마뱀은 잠꾸러기
밥 먹을 때면
유리창을 톡톡
"아야!"
내 손을 깨물면 어떡해!
피가 나서 밴드를 붙였지.
그래도 귀여운 도마뱀

도마뱀을 든 다음에
귀뚜라미를 넣고
불을 끈 다음에 기다리면
귀뚜라미 몇 마리가 사라진대.
너도 한 번 해봐.
이래도 저래도 귀여운 도마뱀

눈꽃

김규리

하얀 눈에 눈꽃이 폈다.
눈꽃은 어떻게 만들어졌을까?

눈이 진화한 건가?
아니면
하늘나라에서
하얀 꽃을 꺾어 뿌리는 건가?

공부해서
알아내야겠다.

이거 정말 너무 하네

김규리

마트에서 과자를 샀다.
가격은 2,000원
너무 비싸다.
아이들 과잣값
너무 비싼 거 아닙니까?
이거 정말 너무한 거 아닙니까!

친구랑 놀 때

김수현

밖에서 친구랑
인라인을 탔다.

산책길로 내려가고
놀이터에서 놀았다.

친구랑 함께해서
기분 좋은 시간

눈이 오면

김수현

눈이 오면
눈사람을 만들고
눈싸움을 할 거야.

그다음
썰매도 탈 거야!

토끼

김지환

가족과 함께 간 동물원
기니피그, 원숭이, 수달, 펭귄
많은 동물 중에서도
나는 토끼가 제일 좋아.

토끼가 깡충깡충 뛰고
폴짝폴짝 뛰니까
참 귀엽다.

당근을 먹여주니까
그 녀석
오물오물 잘도 받아먹네!

눈 오는 아침

김지환

눈밭에서
천사를 그리고 싶다.

눈밭에서
눈사람을 만들고 싶다.

눈으로
눈싸움하고 싶다.

친구

박서준

친구 생일잔치에서
게임도 하고
케이크도 먹었다.

한참 놀다 보니
또 배고파서 '꼬르륵'
피자 냄새 솔솔
와구와구 먹고 나니
트림도 "쾨~!"
방귀도 "뽕!"

그제야 "친구야, 생일 축하해!"

눈이 오지 않았더라면

박서준

밖에 눈이 안 왔으면
친구들이랑 같이 놀 수 있었는데

지금은 친구들은 추워서 못 놀고
나도 추워서 못 놀고

그래도!
집에서 게임 하면 되니까
괜찮다.

심심해

원우진

집에 있으니까
심심해.
게임 하면 재미있고
배터리가 없어서
그러다 보면 또 심심하고
그러다 또 게임 하면 재미있고
또 꺼지면
나는 뭐할까?

눈

유소윤

펑펑 오는 새하얀 눈
학교 오는 길에
친구 기다리다가
눈을 만지며
"앗, 차가워!"
차가운데 계속 만지고 싶은 눈
차가운데 부드러운 눈

"친구야,
학교 끝나고 우리 눈사람 만들래?"

엘리베이터

윤채이

위로 갔다
아래로 갔다
오르락내리락하는
엘리베이터

참 고맙고 편한
엘리베이터

계단은 왜 있는 거야?
모두가 함께 쓰면 좋겠다.

이사

윤채이

이사 가면
새로운 집 안은 텅텅
옛날 우리 집 가구들을 설치하려면
시간이 오래 걸린다.
한 달? 두 달? 1년?
그래도 3학년 때 이사 가면
내 방이 생긴다는데….
힘들어도 방 생기는 건 너무 기대된다.

'빨리 이사 가고 싶어!'

첫눈

이강준

오늘 첫눈이 왔다.
빨리 나가서
눈에서 놀고 싶다.
내가 좋아하는 계절이라
기분이 좋다.

'봄-여름-가을-겨울'이 아니고
'겨울-겨울-봄-봄'이면 좋겠다.

내 마음

이서율

기쁠 때나 슬플 때나
화날 때나 뉘우칠 때나
우린 그래도 가끔은 그럴 수 있어.

기쁨은 힘이 무거운 양동이처럼
흘러넘치거나 기분이 환해질 거야.
때론 미울 때도 있지만
누가 위로해 준다면
내 마음속에 상처가 사라져 나아질 거야.
뉘우칠 땐 자기의 잘못을 깨달을 때야.
반성하면 언젠가 잘못을 깨달을 거야.
우울하거나 화날 땐
아끼는 인형을 꼬옥 안으면
언젠가 풀릴 거야.

상상

이서율

상상이란
이 세상엔 없지만
엉뚱하면서 이상하게도 재밌기도 해.

우린 가끔 상상을 해.
상상은 아주 멋진 거야.
작품을 완성할 때 상상이 없게 만들면
아예 만들 이유가 없어.
상상을 머리에 많이 담으면
재밌고 아주아주 새로워질 거야.
마치 마법처럼 변할 거야.

공부

이연오

딱 이것만 보고
하려고 했는데
헉! 벌써 두 시간이 지났어.

딱 한 판만
하려고 했는데
벌써 세 시간이 지났어.

이제 공부해야지!
와! 공부 엄청했다.
이제 핸드폰 해야지.

야, 너 또
공부 안 하고
핸드폰 하지?

아, 억울해! ㅠㅠ

흰 눈

이연오

흰 눈이 내린다.
흰 눈이 내린다.
조금씩 조금씩 내린다.

창밖을 내다보니
옹기종기 모여서 눈싸움을 하고
눈사람을 만들고
천사 만들기를 한다.

애들아, 나도 같이 놀아!
좋아!

눈

눈은 참 예쁘다.
하얀색이 구름 같아서
눈은 어떤 맛일까?

아이스크림 맛일까?
빙수 맛일까?
먹어보고 싶고
운동장에 나가
눈싸움도 해보고 싶어.

뽑기

이정해

뽑기는 재밌다.
돌리는 느낌이 참 좋다.

두근두근
좋은 게 나올 수도 있고
안 좋은 게 나올 수도 있고
중복이 나오기도 하는
랜덤 뽑기

'뽑기야, 뽑기야!
이번에는 제발!'

밥 한 숟갈

나의 특기
밥 한 숟갈
왜냐하면 일단 잘~들어봐.

"현지야, 밥 먹자!"
난 밥을 먹어.
밥을 먹다 보면 한 숟갈이 남잖아.
근데 보지도 않고
맨날 한 숟갈이 남으면
꼭 배가 불러.
그게 나의 특기야.
하하하!
쉿! 비밀이야.

배드민턴

임정민

친구들과 함께하는
배드민턴

공 좀 놓쳐도 괜찮아.
재밌으면 됐지.

눈 오는 날

임정민

눈이 오는 날이다.
펑펑…펑펑……펑펑

걱정된다.
눈이 나를
장난감으로 만들 것 같다.

코감기

임정민

콧물이 주르륵
"에취!"
콧물 폭탄 발사!

콧물 때문에
코가 꽉 막혀요.

눈아 눈아

전가온

눈아 눈아
겨울 왕국처럼 내려라.

눈아 눈아
크리스마스에도 내려라.

눈아 눈아
펄펄 내려라.

우와! 정말 예쁘다!
나가서 눈싸움하고 놀아야지!

눈밭

정수아

와~ 눈이다!!!
눈이 많이 쌓였네.

놀고 싶다.
눈밭에
눈토끼 없으려나?
눈사람도 없네?

허
전
해
힝~

그림자 1

정수호

그림자야,
넌 왜 맨날
앞에 가 있니?
뒤에 가 있으면 안 되니?
넌 나랑 닮았는데
왜 나보다 키가 크니?

그림자 2

정수호

학원 끝나고 집에 가는 길
해가 없을 때는
그림자가 없다가
해가 있는 곳으로 가니까
갑자기 그림자가 나보다 앞서갔다.
너무 화가 나서 달렸는데도 앞서가서
그림자를 힘껏 때렸다.
그랬더니 그림자도 나를 때렸다.

너무 화가 나서 엄마한테 말했는데
엄마는 깔깔깔
나는 더 화가 났다.
그래서 잠을 못 잤다.
너무 피곤하다.
'내일은 그림자랑 결판을 내야겠다!'

눈

정수호

눈, 눈이 옵니다.
하늘에서 눈이 옵니다.

눈이 왔다는 건
겨울이라는 거겠지?
눈이 왔다는 건
크리스마스가 곧 온다는 거겠지?
눈은 보는 눈이랑 내리는 눈이랑
발음이 똑같아서 헷갈려서
"힘들어."

겨울은 추워.
핫팩을 만져도, 롱패딩을 입어도,
이불을 덮어도, 난로를 두 대를 켜도 추워.

눈 오는 하루

정한서

어떻게?
눈이 너무 많이 와서
집에는 어떻게 가지?

핸드폰은 집에 있지.
썰매도 집에 있지.
그럼 집에 어떻게 갈까?

땅을 파서 갈까?
그냥 학교에서 살까?
어떻게 해야 하는 거지?

소울 노래

조지후

학교를 갔다 와서
'소울'을
한국어 노래로 다 외워서
너무 뿌듯했다.

입에서 노래가
자꾸 새어 나온다.

슬라임

조지후

쫀득쫀득
느낌이 너무 좋아요.

계속 만지게 되는 슬라임
참을 수가 없어요.

눈싸움

조지후

학교 올 때
형아랑 눈싸움 한 판

눈에 눈이 들어와서
눈이 너무 차가웠다.

눈이 오는 날

진현우

눈이 왔지만 학교 갈 시간
마음껏 만지면
학교 지각생 되고
엄마한테 혼나겠지?

학교 끝나고
마음껏 만지게 해주겠지?

얼른 학교 끝나야 하는데
오늘은 방과 후 수업까지 있는 날
ㅠㅠㅠ

에버랜드

차유찬

화창한 가을날
가족과 에버랜드에 갔다.

판다 월드
아마존
바이킹
여기가 제일 재미있었다.

2시간이나 기다렸던
로스트벨리
그래도 기다린 보람이 있었다.
아! 또 가고 싶다!

상상의 눈사람

차유찬

눈으로
눈사람 만들고 싶고

눈으로
눈싸움도 하고 싶고

창밖에 있는 저 눈으로
드래곤도 상상으로 만들고 싶다.

점퍼

최건우

밖이 추워서
점퍼 두 개 입었는데
이럴 수가!
학교는 덥네!

훨훨 벗고
수업 듣고
급식 먹고
집에 가는데
너무 추워!

헉! 점퍼를 놓고 왔네?

네임펜

최건우

네임펜은 낙서 쟁이
보기만 해도
손이나 종이에 쓱싹쓱싹

네임펜은 따라쟁이
연필을 따라 써서 가려주지.

프라모델

최유준

프라모델을 만들고 있는데
친구가 놀러 왔어.
하고 싶은 프라모델을 못하고
친구랑 놀고
다시 프라모델을 만드는데
이번엔 엄마가 불러.
"유준아, 공부해야지!"

저녁이 돼서야
프라모델을 겨우 완성했어.

"나에게 제발 시간을 좀 줘!"

무서운 번개

최유준

나한테 올까 봐
무서운 번개

우리 집에 올까 봐
무서운 번개

내 차에 올까 봐
무서운 번개

제발 나한테 좀 오지 마.

아쉬운 날

최유준

코로나19 걸리면서도
하고 싶은 눈놀이

눈은 많이 오는데
으악!
오늘은 5교시인 날

4교시 아니면 주말에
펑펑 오지….

정말 아쉬운 날

나의 반려동물 우렁이

홍상원

내 우렁이는
이상해.

상추를 좋아한다면서
안 먹는다.

넌 도대체
뭘 먹고 사니?

왕도마뱀 유전자가 있니?

엘리베이터

황다솜

영어학원 끝나고
엘리베이터를 탔는데
'솔~솔~'
때마침 '꼬르륵'
배꼽시계가 울렸다.

옆을 보니
이웃 사람이 들고 있는
치킨 두 마리

빨리 집에 가서 외치고 싶다.
"아빠, 치킨 두 마리만 시켜줘!"

눈

황다솜

"다솜아, 눈 온다!"
엄마가 깨우는 소리에
눈이 번쩍

창밖에
눈이 펑펑

빨리 나가고 싶었지만
학교 갈 준비를 못 해서
마음만 동동동

속상했지만 기쁜 등굣길

동시 수다 6

따라쟁이 꼬마 시인

오빠는 나만 보면

강윤아

오빠는 나만 보면
오빠도 아홉 살 같대요.
윤아야, 어몽어스 게임 한 판 어때?
폭신폭신 오빠 침대에서 뛰어놀까?
엄마 몰래 달고나 사 먹을까?
오빠는 나만 보면
자꾸만 아홉 살짜리가 되려고 해요.
이러다가
내가 오빠의 오빠가 되겠어요.

아빠는 나만 보면

구단우

아빠는 나만 보면
아빠도 열 살 같대요.
아들, 레인보우 프랜즈 한 판 어때?
엄마 몰래 사이다 먹을까?
아빠는 나만 보면
자꾸만 열 살짜리가 되려고 해요.

우리 아빠는 일곱 살

김고은

엄마는 아빠만 보면
아빠는 일곱 살 같대요.
아빠, 리듬 게임 한 판 어때?
다 같이 음식 만들자!
아빠는 나도 나도 같이해!
아빠는 자꾸만 일곱 살이 되려고 해요.
이러다가
내가 아빠의 누나가 되겠어요.

오빠는 나만 보면

김규리

오빠는 나만 보면
오빠도 아홉 살 같대요.
규리야, 로블록스 한 판 어때?
폭신폭신 이불 위에서 유튜브 보자!
엄마 몰래 냄비에 라면 해 먹을까?
오빠는 나만 보면
자꾸만 아홉 살짜리가 되려고 해요.
이러다가
내가 오빠의 누나가 되겠어요.

아빠는 나만 보면

김수현

아빠는 나만 보면
아빠도 열 살 같대요.
아들, 게임 한 판 어때?
폭신폭신 이불 위에서
점프 점프하고 놀까?
엄마 몰래 국자에 달고나 해 먹을까?
아빠는 나만 보면
열 살짜리가 되려고 해요.
이러다가
내가 아빠의 아빠가 되겠어요.

아빠와 나

김지환

아들, 레인보우 한 판 어때?
아빠는 나만 보면
아홉 살 같아요.
폭신폭신 이불 위에서 레슬링 하자!
엄마 몰래 국자에 계란 먹을까?

아빠는 나만 보면

박서준

아빠는 나만 보면
아빠도 열아홉 살 같대요.
아들, VR 한 판 어때?
딱딱한 땅바닥에서 VR 하자!
엄마 몰래 신라면에다가 김밥 해 먹을까?
아빠는 나만 보면
자꾸만 열아홉 살짜리가 되려고 해요.
이러다가 아빠의 아빠가 되겠어요.

아빠는 나만 보면

오하준

아빠는 나만 보면
열아홉 살 같대요.
아들, 포고 한 판 어때?
폭신폭신 이불에서 딱지치기하자!
엄마 몰래 치킨 시켜 먹을래?
아빠는 나만 보면
자꾸만 열아홉 살짜리가 되려고 해요.
이러다가 아빠의 아빠가 되겠어요.

엄마는 나만 보면

원우진

엄마는 나만 보면
엄마도 열아홉 살 같대요.
아들, 댄스 대결 어때?
퍽퍽퍽 스펀지 위에서 점프하자!
아빠 몰래 짜장면 시켜 먹을까?
엄마는 나만 보면
자꾸만 열아홉 살이 되려고 해요.
이러다가 엄마의 엄마가 되겠어요.

엄마는 나만 보면

유소윤

엄마는 나만 보면
엄마도 사랑꾼 같대요.
소윤아, 뽀뽀 열 번 어때?
따끈따끈하게 꼭 안자!
할머니 몰래 뽀뽀할래?
엄마는 나만 보면
자꾸만 나의 사랑 1번이 되고 싶어 해요.
할머니가 1번인데
이러다가
엄마가 나의 사랑 1번이 되겠어요.
그래도
할머니는 영원히 내 사랑 1번이에요.

엄마는 나만 보면

윤채이

엄마는 나만 보면
엄마도 열다섯 살 같대요.
딸, 숨바꼭질 한 판 어때?
책상에서 반지, 팔찌 만들까?
엄마는 나만 보면
자꾸만 열다섯 살짜리가 되려고 해요.
이러다가 엄마의 엄마가 되겠어요.

삼촌은 나만 보면

이강준

삼촌은 나만 보면
삼촌도 열두 살 같대요.
강준아,
파피끌래미타임 챕터 3 한 판 어때?
농구장 가서 농구 7점 슛하자!
탕탕 특공대 30분만 할까?
삼촌은 나만 보면
자꾸만 열두 살짜리가 되려고 해요.
이러다 다크 서클이 목까지 내려오겠어요.

숙제는 나만 보면

이서율

숙제는 나만 보면
숙제도 자꾸 가족들한테
이렇게 시키라고 해요.
딸, 숙제 안 해?
안 하면 안 돼~!
방에 들어가서 공부랑 숙제해야지!
숙제는 자꾸만 내가 되려고 해요.
이러다가 내가 숙제가 되겠어요.

할머니는 나만 보면

이아윤

할머니는 나만 보면
할머니도 어려지고 싶대요.
아윤아, 마트에서 사고 싶은 거 있어?
할머니가 회사에서 가져온 거 같이 먹자!
할머니가 엄마 몰래 맛있는 거 사 줄까?
할머니는 나만 보면
자꾸 어려지려고 해요.
이러다가
내가 할머니의 동생이 되겠어요.

언니는 나만 보면

이연오

언니는 나만 보면
같이 로블록스 하재요.
연오야, 입양하세요 어때?
연오야, 레인보우 프랜즈는 어때?
엄마 몰래 배드워즈 할까?
언니는 나만 보면 자꾸 로블록스 하재요.
이러다가
내가 맨날 언니랑 로블록스만 하겠어요.

엄마는 나만 보면

이정해

엄마는 나만 보면
엄마도 아홉 살 같대요.
딸, 그림그리기 시합 두 판 어때?
딸, 딱딱한 바닥에서 러브 다이브 춤추자!
아빠 몰래 옷 사고 과자 사고 젤리 사자.
엄마는 나만 보면
아홉 살짜리가 되려고 해요.
이러다가
내가 엄마의 엄마가 되겠어요.

현규는 나만 보면

이현지

동생 현규는 나만 보면
놀아달래요.
누나, 차 놀이 하자!
고양이 놀이할까?
현규는 나만 보면
자꾸 놀아달래요.
이러다가
내가 현규의 놀이꾼이 되겠어요.

동생은 나만 보면

임정민

동생은 나만 보면
동생도 아홉 살 같대요.
언니, 나랑 같이 술래잡기 하자!
딱딱한 바닥에서 이불 끌기 놀이할까?
언니, 나도 같이 달고나 만들래!
동생은 나만 보면
자꾸만 아홉 살짜리가 되려고 해요.
이러다가
내가 동생의 단짝 친구가 되겠어요.

엄마는 나만 보면

전가온

엄마는 나만 보면
엄마도 아홉 살 같대요.
딸, 그림그리기 대결 어때?
폭신폭신 이불 위에서 책 읽자!
할머니 몰래 라면 끓여 먹을까?
엄마는 나만 보면
자꾸만 아홉 살짜리가 되려고 해요.
이러다가
내가 엄마의 엄마가 되겠어요.

수호는 나만 보면

정수아

수호는 나만 보면
어린애가 되려고 해요.
수아야, 숨바꼭질 어때?
수아야, 엄마 몰래 무서운 영화 볼래?
수호는 나만 보면 어린애가 되려고 해요.
이러다가
진짜 어린애가 되겠어요.
다시 엄마 뱃속으로 들어가
쌍둥이 아기가 되면 어떡하지?

아빠는 나만 보면

정수호

아빠는 나만 보면
열한 살이 되려고 해요.
수호야, 딱지치기나 투호 놀이하자!
엄마 몰래 아이스크림 먹을까?
아빠는 나만 보면
자꾸 열한 살이 되려고 해요.
이러다가 내가 아빠의 형이 되겠어요.

아빠는 나만 보면

정한서

아빠는 나만 보면
아빠도 열한 살 같대요.
아들, 엄마 포켓몬스터 버틀 어때?
아들, 우리 둘이서 제주도 가면 어때?
아들, 엄마 몰래 영화 보기 어때?
이러다가 내가 아빠가 되겠어요.

꼬미는 나만 보면

조지후

우리집 강아지 꼬미는
나만 보면 도망쳐요.
꼬미야, 산책 어때?
폭신폭신 침대 위에서 같이 자자!
엄마 몰래 간식 먹을까?
이러다가
내가 꼬미의 남자친구가 되겠어요.

아빠는 나만 보면

진현우

아빠는 나만 보면
아빠도 아홉 살 같대요.
아들, 게임 한 판만!
아들, 아이스크림 한 입만!
아들, 딱지 어때?
아들, 체스 어때?
아빠는 나만 보면
자꾸 아홉 살짜리가 되려고 해요.

친구는 나만 보면

차유찬

친구는 나만 보면
아기로 변해요.
야, 같이 놀까?
야, 귀여운 척하지 마!
그때 토 나올 거 같아.
그 친구는 그러다가
그 친구가 아기가 되겠어요.

이모는 나만 보면

최건우

이모는 나만 보면
꼭 무언가 챙겨주려 해요.
이모가 떡볶이 해줘?
피자 좀 시켜줄까?
춤출래?
편의점 가서 과자 사 먹자.
이모는 나만 보면
자꾸만 챙겨주려 해요.
이러다 TV가 고장 나면
TV까지 사 줄 것 같아요.

큰아빠는 나만 보면

최유준

큰아빠는 나만 보면
종이접기 전문가 같대요.
유준스! 게임 한 판 어때?
종이컵 쌓아서 무너뜨리기 하자!
큰아빠는 나만 보면
종이접기 전문가 같대요.

이모부는 나만 보면

홍상원

이모부는 나만 보면
게임을 시켜주려고 해요.
상원아, 게임 1시간 어때?
게임 2시간 하자!
엄마 몰래 게임 하자.
이모부는 나만 보면
자꾸만 이모부 친구가 되려고 해요.
이러다가
내가 이모부의 친구가 되겠어요.

아빠는 나만 보면

황다솜

엄마는 나만 보면
엄마도 열 살 같대요.
딸, 딱지치기 한 판 고?
폭신폭신 이불 위에서 레슬링 하자!
아빠 몰래 TV 볼까?
엄마는 나만 보면
자꾸만 열 살짜리가 되려고 해요.
이러다가
내가 엄마의 엄마가 되겠어요.

나오는 글

동시 한 줄에 마음을 담아내기까지 참 긴 여정이었습니다. 3월 첫 만남부터 12월 끝 만남까지 '감성뿜뿜 학급경영 프로젝트'의 결실이기도 합니다. 누구나 주인공이 되는 릴레이 발표를 이어가며 자유롭게 생각을 말할 수 있게 준비했고, 그림책을 함께 읽고 토론을 즐기며 그림을 그렸습니다. 교실에 들어서면 궁금증이 가득한 공간이 되도록 사계절 교실 창가 전입생이 끊이지 않았고, 내 맘대로 재미 낙서판에는 우리끼리 속닥거리며 끄적인 흔적이 가득합니다. 채워진 감성은 시가 되고 몸짓이 되고 이야기가 되어 추억으로 열매 맺었습니다.

아홉 살 꼬마 시인들 이렇게 성장하길 소망합니다. 앞으로 10년 동안 더 많은 생각과 꿈이 자라길 바랍니다. 초등학교 고학년, 중학교, 고등학교를 거치는 동안 잠시 동시를 잊고 그림책을 멀리할 수 있을지도 모릅니다. 그래도 아홉 살 꼬마 시인 시절이 늘 보물상자로 남았으면 좋겠습니다. 언제든 꺼내 보며 다시 동시를 읽고 그림책을 보다가 시를 짓고 더 많은 책을 가까이하는 어른이 되면 좋겠습니다.

짬짬짬 데이트 기억하나요? 여러분이 고른 짧은 싯구를 켈리그라피로 담아주며 속삭였습니다.
"이 엽서 어른이 될 때까지 잘 간직하고 있다가 다시 만날 때 가져오면 진짜 참참참 데이트 식사 교환권이 될 거니까 잘 간직해 줘."

2022년 9살이었으니 10년 뒤 2032년에는 19살이 되겠네요. 앞으로 10년 동안 잘 지내다가 20살이 되는 해 2033년 2월 4일 2시 4분. 오현초등학교 운동장에서 진짜 참참참 데이트하러 다시 모이면 좋겠습니다. 스무 살 청춘들의 속닥속닥 동시 수다 2탄은 어떨지 벌써부터 기대됩니다. 그때가 되면 선생님은 또 어떤 꿈을 꾸고 있을지 설렙니다.

이제 콩깍지 선생님은 더 넓은 세상 밖으로 콩들을 날려 보내려 합니다. 볼품없는 모습으로 거름 되어 사라지는 콩깍지는 이젠 그만하고, 대신 매 순간 감동하며 "이렇게 멋진 나라니!" 감탄사를 찍는 감성 시인 라니쌤이 되어볼까 합니다. 여러분은 어떤 감탄사를 찍어갈지 무척 기대됩니다. 가끔 서로의 안부가 궁금해질 때 동시집을 들춰보며 2022년으로 시간 여행을 떠나보는 건 어떨까요? 시를 짓던 예쁜 마음 더 크고 아름답게 가꿔가길 응원합니다.

2022.12.30.
매 순간 감탄사를 찍고 싶은 라니! 쌤 이영란